ODE

à M. le Vicomte

DE CHATEAUBRIAND,

PAR

JUSTIN BONNAIRE,

Avocat à la Cour royale de Nancy.

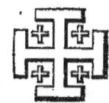

PARIS,

Chez les principaux libraires.

NANCY,

A la Librairie lorraine de CONTY.

M DCCC XXXIX.

ODE

à M. le Vicomte

DE CHATEAUBRIAND,

PAR

JUSTIN BONNAIRE,

Avocat à la Cour royale de Nancy.

PARIS,

Chez les principaux libraires.

NANCY,

A la Librairie lorraine de Conty.

M DCCC XXXIX.

38,881

Propriété.

NANCY, IMPRIMERIE DE DARD, RUE DES CARMES, 20.

UN MOT AU LECTEUR.

Au commencement de cet hiver, une jeune actrice du *Théâtre-Français*, à peine âgée de 17 ans, Mlle RACHEL, figurait dans un des plus célèbres salons du faubourg Saint-Germain, où une société d'élite s'était donné rendez-vous pour l'entendre et l'admirer. Après avoir attentivement écouté la digne interprète de Corneille et de Racine, M. de Châteaubriand, l'un des spectateurs privilégiés, s'avança vers elle, et lui prenant affectueusement les mains : « Qu'il est malheureux, s'écria-t-il, d'être si » près de mourir, quand on voit naître un si grand talent ! » — « Mais, » Monsieur, » répartit avec bonheur la fine et spirituelle tragédienne, « il y a des hommes qui ne meurent jamais ! »

Oui, M. de Châteaubriand est du petit nombre de ceux qui ne meurent jamais : son nom, devenu populaire comme celui de Napoléon, comme lui aussi appartient déjà à la postérité; car tous deux ont conquis la gloire, l'un par sa plume, l'autre par son épée.

Ce front, chargé d'ans et de lauriers, attend-il donc l'auréole d'une muse inconnue? Non certes; et n'est-ce pas au moins une étrange témérité à un jeune homme d'oser, après Victor Hugo, Barthélemy, Lamartine et Béranger, célébrer l'impérissable auteur d'*Atala* et de *René?* Cela peut être; mais, de même que le simple soldat, sans s'inquiéter de la plus grande habileté oratoire de ses chefs, payait, à sa façon, son tribut d'éloge au héros qui comptait ses batailles par ses triomphes, — de même aussi le modeste luth d'un poète ignoré peut bien, sans trop se préoccuper de son infériorité, consacrer un chant à l'illustre écrivain qui compte ses ouvrages par ses chefs-d'œuvre. D'ailleurs, ici la louange doit moins tourner à la satisfaction personnelle de celui qui la reçoit qu'à la jouissance de celui qui la donne.

En 1834, lorsque je suivais les cours de la Faculté de Droit de Paris, j'eus l'honneur d'être reçu chez M. de Châteaubriand, à qui j'avais demandé par lettres une audience particulière. C'était le 15 août, jour de l'*Assomption* : le bienveillant accueil qu'il me fit, les mémorables paroles que j'entendis de sa bouche, les marques non équivoques d'intérêt et de sympathie qu'il me prodigua, toutes ces choses sont encore vivaces dans mon souvenir, et me laissent aujourd'hui vivement regretter de n'avoir pas su depuis, par une inqualifiable négligence, répondre à l'invitation si cordiale, si paternelle du noble vicomte.

Enfin, pendant une soirée de l'hiver dernier, un volume des *Impressions de voyage* d'Alexandre Dumas me tombe sous la main; je l'ouvre au hasard, et l'originalité de ce titre, *les Poules de M. de Châteaubriand*, pique ma curiosité que je satisfais aussitôt. L'entrevue du voyageur romantique avec l'exilé volontaire, dans la ville de Lucerne, me rappelle le délicieux tête-à-tête de l'étudiant avec le philosophe-poète, à Paris : mon cœur bat...., mon cerveau travaille...., et me voilà à l'œuvre! Peu de temps après, M. de Châteaubriand recevait ce que j'appelais dans une épître *mon amende honorable*, et y répondait par la gracieuse lettre qu'on lira à la fin de cette ode.

Depuis tantôt un an, ce morceau, fidèle organe de mes convictions religieuses et littéraires, dormait paisible au fond de mon portefeuille; et voici qu'aujourd'hui, cédant aux vœux qui m'ont été manifestés par des personnes trop indulgentes sans doute, je le publie tel qu'il a été envoyé à M. de Châteaubriand, à l'exception des stances 7e, 8e et 14e, composées tout récemment.

C'est chose grave que d'affronter la critique, surtout quand on n'a pas encore rompu de lances en champ-clos !.... Hé bien, soit; je me livre, *tête et lyre* : ai-je tort? ai-je raison? —Le public me le dira, il est bon juge.

ODE

A M. DE CHATEAUBRIAND.

CHATEAUBRIAND, pourquoi ton immortel génie
Semble-t-il soupirer, fatigué d'harmonie,
    Un lamentable adieu?
Crois-tu donc qu'il n'est plus cher au pays de France,
Celui qui le guérit de sa longue souffrance
    En le rendant à Dieu?...

Hé quoi! l'ingratitude amoncelant l'orage,
Verrions-nous s'obscurcir dans l'ombre d'un nuage
    Le déclin d'un beau jour!
Va!... les jeunes Français, enfans de tes doctrines,
Gardent tous à leur père, au fond de leurs poitrines,
    Un invincible amour.

Pour moi, CHATEAUBRIAND, qu'on t'exalte ou te blâme,
A ton magique nom je sens vibrer mon âme
　　　　D'un saint frémissement;
C'est comme un talisman qui soudain me captive,
Et dont le charme endort mon oreille attentive
　　　　Dans le ravissement....

C'est mon égide à moi, contre les traits d'envie,
Et, dans les noirs chemins qui sillonnent la vie,
　　　　Mon guide, mon flambeau;
Et quand à sa clarté je contemple le monde,
Ce géant, à mes yeux, n'est qu'un cadavre immonde
　　　　Sous un brillant lambeau.

Les éminens esprits et ces mâles courages
Qui du sort inconstant bravèrent les outrages,
　　　　Électrisent mes sens :
Vertu, talent, malheur, trinité vénérable,
A jamais devant vous, vrai, pur, inaltérable,
　　　　Brûlera mon encens!....

Des hommes dévoués héroïque modèle,
Au devoir, à l'honneur tu fus toujours fidèle,
　　　　Jamais traître ou vénal;
Et dans les champs d'exil tu pleurais ta patrie,
Quand sur elle planait avec l'idolâtrie
　　　　Un génie infernal!....

L'amitié manqua-t-elle à ta vie agitée ?....
Hélas ! ils n'ont laissé dans ton âme attristée
      Que douleurs et regrets ,
Ces jours où , devisant à l'ombre des platanes ,
Heureux tu confiais à JOUBERT , à FONTANES ,
      Tes intimes secrets !....

FONTANES !.... nom chéri qui fit couler tes larmes ,
Quand le glas de sa mort, comme un tocsin d'alarmes ,
      Te surprit dans Berlin....
« O mon Dieu ! crias-tu, ce coup me désespère !...
» Dans l'ami qui s'en va je perds un maître, un père...,
      » Et je reste orphelin !! »

Poète voyageur, combien j'aime à te lire !....
Mon cœur s'ouvre aux accords de ta sublime lyre
      Qui chante Jéhova :
Il suit au loin tes pas sur le sol prophétique
Où JÉSUS , dans son sang lavant la faute antique ,
      En mourant nous sauva !

Oh ! qu'il m'est doux encore, apôtre de mon culte,
De voir, à tes accens , dans une terre inculte
      Germer le nom chrétien !
Après ces temps maudits que l'impiété prône,
Ton bras ne fut-il pas de l'autel et du trône
      L'intrépide soutien ?

Beau chantre des *Martyrs*, tes célestes images
En charmant mon esprit provoquent ses hommages,
    Et j'admire à genoux !....
Car mon âme s'émeut aux angoisses d'*Eudore*,
Car le sceptre éternel du Maître qu'il adore
    S'étend aussi sur nous.

Mais je vois une main sur l'airain de l'histoire
Buriner le combat, l'échec ou la victoire,
    A grands et larges traits....
Michel-Ange nouveau, la ruine t'inspire....,
Et c'est toujours assis sur un débris d'empire
    Que tu fais tes portraits!

Pareil au chêne antique encor tout plein de sève,
Le vieux Barde chrétien prend son luth et s'élève
    Sur un sublime ton :
En lui des premiers ans la flamme se rallume....,
Il commande au trépas...., et sa puissante plume
    Ressuscite MILTON !

Pendant qu'au bruit soudain d'une race qui tombe,
Immobile il écrit ses récits d'*outre-tombe*,
    Feuillets mystérieux....,
Par-delà le présent dont l'édifice croule,
A son vaste regard l'avenir se déroule
    Immense et glorieux !....

Sur nos fades romans lorsque mon œil s'égare,
Je connais, dans la voix qui va me criant *gare!...*,
    Un accent vénéré;
Et froissant dans ma main ces pages insensées,
Je m'abîme, grand homme, au fond de tes pensées,
    Comme en un puits sacré!

Tu leur traças la route à ces enfans rebelles....
Mais, « *cherchons*, ont-ils dit, *des régions plus belles :*
    » *A nous gloire et bonheur!....* »
Or, voilà que bientôt, Icares téméraires,
Ils ont vu commencer les apprêts funéraires
    D'une mort sans honneur.

Ils avaient, arrivés au terme de leur course,
Du fleuve de la vie empoisonné la source;
    Et le venin coula....
Pour mieux gâter le peuple ils souillèrent la scène;
Mais, un soir, dégoûté du *sanglant*, de *l'obscène*,
    Le peuple recula !

Il était las de voir la débauche louée,
Le crime caressé, la vertu bafouée,
    Par de vils histrions ;
Ses pontifes, ses rois, traînés aux gémonies,
Tandis que leurs bourreaux , en rauques harmonies
    Hurlaient : « *Dansons!... rions!...* »

Oui, du VRAI la splendeur éclipse le MENSONGE ;
Oui, la réalité va succéder au songe
     Qui s'évanouira !....
Voici dans le lointain scintiller une étoile....,
Et, de l'épaisse nuit déchirant le long voile,
     Le jour enfin luira.

Tu me l'avais prédit ce retour salutaire,
A l'heure où visitant l'illustre solitaire,
     J'interrogeai son cœur :
« *Qui donc fera*, disais-je, *un si puissant miracle?....*
Et de ton sein brûlant s'échappa cet oracle :
     « DIEU SERA LE VAINQUEUR ! »

Un grand travail s'est fait dans les intelligences....
La FOI, cédant au cri d'avides exigences,
     A relevé le front :
Elle apporte l'espoir à l'âme ravagée....,
Car, c'est par des bienfaits que la reine, outragée,
     Vengera son affront.

Sous un linceul d'opprobre a disparu VOLTAIRE...,
Et le souffle de Dieu fait surgir LACORDAIRE
     Quand LA MENNAIS finit.... ;
Et tandis que nos pas se pressent vers le temple,
Le Pontife romain, triomphant, nous contemple,
     Et sa main nous bénit !

Permets donc que ma muse en tressaillant te nomme,
Vieillard, qui sens en toi battre un cœur de jeune homme !
Vois la foule accourir.....
Dans tes yeux j'aperçois des larmes d'allégresse,
Et, comme SIMÉON, plein d'une sainte ivresse,
Tu dis : « *Je puis mourir !....* »

Mourir !... Non, c'est trop tôt ; l'heure n'est point venue ;
Le cèdre cache encor sous sa cime chenue
Un rameau verdoyant :
Ne sors point de l'arène, athlète magnanime !
N'entends-tu pas ce cri solennel, unanime :
« Debout, CHATEAUBRIAND !!! »

———

A cette pièce, qui lui fut envoyée vers la fin de février
1838, M. de Châteaubriand fit la réponse suivante :

« J'ai lu, Monsieur, avec un extrême plaisir, votre lettre et vos
» beaux vers que je ne mérite pas. Je suis souffrant, et je m'occupe
» nuit et jour d'un ouvrage * qui paraîtra dans le cours du mois
» prochain : pardonnez-moi donc si je ne puis entrer avec vous
» aujourd'hui dans de longs détails. Je serais tenté de vous faire

* Le *Congrès de Vérone*, sans doute.

» un reproche de m'avoir oublié dans ma solitude, si vous ne vous
» excusiez avec une politesse si flatteuse.

» Agréez, Monsieur, je vous prie, mes remerciemens sincères et
» l'assurance de ma considération très-distinguée.

» CHATEAUBRIAND. »

Paris, 5 mars 1838.

NOTES.

STANCE VIe.

Un génie infernal! (*Le terrorisme de 1793.*)

Dans son éloquente improvisation à la tribune nationale (séance du 16 janvier 1839), M. Berryer, tout en remerciant, Français avant tout, la *convention* « d'avoir sauvé alors l'intégrité du territoire », a flétri avec énergie « une époque d'horreur, de crimes, une assemblée vouée, » pour ses actes intérieurs, à l'exécration des gens de bien, — dont le » souvenir soulève encore tout cœur d'homme! »

STANCES VIIe et VIIIe.

Heureux tu confiais à JOUBERT, à FONTANES, Tes intimes secrets!

Ces deux stances ne figurent point dans le manuscrit primitif envoyé à M. de Châteaubriand ; j'en ai puisé l'idée dans une lettre récemment adressée par le grand écrivain à Mme la comtesse Christine de Fontanes, qui l'a mise en tête des œuvres de son digne père, qu'elle vient de publier.

Cette épître est si remarquable, que j'ai cru devoir en extraire ici quelques passages.

« Jamais peut-être, » dit le *Journal des Débats*, au sujet de cette lettre qu'il a reproduite intégralement dans son numéro du 21 janvier dernier, « jamais peut-être, l'immortel auteur du *Génie du Christia-*

» *nisme* n'a rien écrit de plus beau et de plus touchant que ces quelques
» lignes jetées sur la tombe de son ami, de l'homme qui a si bien su le
» comprendre et l'admirer, dans un temps où il fallait autant de goût
» que de courage. »

A Madame la comtesse Christine de Fontanes.

« J'aurais regardé, Madame, comme la récompense des fatigues de
ma vie, le bonheur de parler au public de votre illustre père. Avec
quel plaisir, arrêté au bord de ma tombe, j'eusse redemandé à une
amitié fidèle les souvenirs dont elle est restée dépositaire! C'est M. de
Fontanes qui encouragea mes premiers essais; c'est lui qui annonça le
Génie du Christianisme; c'est sa muse qui, pleine d'un dévouement
étonné, dirigea la mienne dans les voies nouvelles où elle s'était pré-
cipitée; il m'apprit à dissimuler la difformité des objets par la manière
de les éclairer, à mettre, autant qu'il était en moi, la langue classique
dans la bouche de mes personnages romantiques. Il y avait jadis des
hommes conservateurs du goût, comme ces dragons qui gardaient les
pommes d'or du jardin des Hespérides : ils ne laissaient entrer la
jeunesse que quand elle pouvait toucher au fruit sans le gâter. »

. . . .

« Tandis que vous érigez un monument funèbre, moi, Madame, je
rassemble les pensées du plus ancien ami de votre père; elles ne sont
point destinées à voir le jour.

. . . .

» Je rencontre à chaque instant, dans les ébauches de M. Joubert,
des choses adressées à M. de Fontanes et que celui-ci n'a point con-
nues. Ces confidences d'un ami à un ami, l'un et l'autre absens pour
jamais; ces pensées testamentaires, recueillies par un troisième ami
sur des morceaux de papier destinés à périr, m'offrent une complica-
tion de tristesses d'une puissance extraordinaire : l'antiquaire déchiffre
avec moins de religion les manuscrits d'Herculanum, que je n'étudie
les secrets d'une double amitié conservés sous des cendres *.

» Tels sont mes travaux, Madame; j'écoute derrière moi mes souvenirs, comme les bruissemens de la vague sur une grève lointaine. En

---

* Les *Pensées* de M. Joubert sont aujourd'hui recueillies et publiées.

me promenant quelquefois dans les bois, ces vers du *Jour des Morts* me reviennent en mémoire :

« D'un ami qui n'est plus la voix long-temps chérie
» Me semble murmurer dans la feuille flétrie. »

» Mais hélas ! j'ai tant de regrets que je ne sais auquel entendre. Resté le dernier, je m'occupe à tout arranger dans la maison vide, à fermer les portes et les fenêtres. Ces pieux devoirs remplis, si mes amis, lorsque je les irai rejoindre, me demandent ce que je faisais, je leur répondrai : « Je pensais à vous. » Il y aura bientôt entre eux et moi communion de poussières après union de cœurs. »

STANCE XIVᵉ.

Par-delà le présent dont l'édifice croule,
A son vaste regard l'avenir se déroule
Immense et glorieux !....

« Tout a changé », dit M. de Châteaubriand, dans la lettre déjà citée : « tout continue de changer : nous voyons venir sur nous avec impétuosité la société nouvelle, comme on voit venir le boulet sur un champ de bataille. Rien de ce qui existe n'existera ; la vieille Europe est tombée avec la vieille monarchie française : LA RELIGION SEULE EST DEBOUT ! »

STANCES XVᵉ, XVIᵉ, XVIIᵉ ET XVIIIᵉ.

On reconnaît sans peine que dans ces vers il s'agit de l'école *ultra-romantique.*

En me parlant de la littérature du jour et de tous ces marchands de poison, de poignards, de pistolets et de charbon, qu'on appelle *faiseurs de drames* et de *romans de mœurs,* M. de Châteaubriand s'exprimait à peu près ainsi : « Les moyens nobles d'agir sur l'intelligence et sur
» le cœur sont pour eux des ressorts usés, désormais impuissans : ils
» placent tout dans l'*émotion physique,* dans la passion brutale : de là
» ce genre monstrueux et barbare qu'ils ont adopté et qui ne saurait
» tenir ; car le peuple s'en lassera : il en est déjà à la satiété et au
» dégoût, il finira par abandonner sa proie comme le tigre repu de

» sang.—Entassant crimes sur crimes, incestes sur incestes, assassinats
» sur assassinats, ils ne sont heureux que quand ils ont étalé sous vos
» yeux *ces choses de la Grève.*

» Bravo! Messieurs; l'échafaud se dresse...., la foule accourt...., le
» patient monte...., sa tête roule sous le tranchant qui tombe..., le sang
» ruisselle.... êtes-vous contens?... Admirez! »

Ces énergiques paroles, qui ne s'effaceront jamais de mon souvenir,
trouvent leur confirmation dans ces autres encore empruntées à la belle
lettre dont nous avons déjà donné quelques extraits :

« M. de Fontanes revenant parmi les *doctes Fées*, fera événement, si
dans ce temps-ci quelque chose fait événement; il causera du moins,
sur le Parnasse moderne, *ce scandale que produit l'apparition d'un
homme sobre au milieu d'une orgie.* Nous sommes si loin de la langue
française d'autrefois, si étrangers au mouvement ordonné de ces sentimens
qui naissent les uns des autres, et ne cherchent point leur effet *hors
nature!* Les écrits de mon ami vous entraînent par un cours égal et
limpide ; l'âme éprouve un bien-être et se trouve dans une situation
heureuse, où tout charme et rien ne blesse. »

STANCE XXIIᵉ.

Sous un linceul d'opprobre a disparu Voltaire, etc...

L'auteur de ces vers a-t-il besoin de déclarer qu'il n'a pas la sotte
prétention de nier le prodigieux esprit et l'immense talent de l'ami de
Frédéric, non plus que le génie puissant de l'auteur de l'*Indifférence?* Il
s'agit ici du *dogme catholique*, que le premier s'est efforcé d'anéantir,
Dieu sait avec quelles armes ! et dont le second a tristement déserté la
défense, après en avoir été l'infatigable champion pendant la plus belle
moitié de sa vie.

Quant à M. l'abbé Lacordaire, le succès incontestable et incontesté
de ses prédications à Paris, à Metz, et partout où se fait entendre sa
voix apostolique, justifie suffisamment le rôle sublime qu'on lui assigne.

OUVRAGES

En vente à la librairie lorraine de CONTY,

A NANCY :

DISCOURS sur les rapports actuels de la Science et de la Foi, brochure inaugurale de la Société catholique nancéïenne, grand in-8° sur beau papier..... 1 50

A M. DE LA MENNAIS, deux épîtres, politique et religion, par M. Désiré Carrière, grand in-8°, édition de luxe................................. 1 50

DIEU ET LA PATRIE, poésies lyriques, tirées de l'histoire de France, par Riant, in-12......... 1 50

LA LYRE DU LÉVITE, poésies lyriques, tirées de la Sainte Bible, par le même, in-12............ 2 »

LA SOEUR D'ÉCOLE, par M. Bonnaire-Mansuy, jolie petite brochure in-8°, en vers, ornée d'une lithographie................................... » 60

HISTOIRE DES DUCHÉS DE LORRAINE ET DE BAR, par M. Bégin, 2 vol. in-8°, grav., net...... 8 »

HISTOIRE DE LA GUERRE DE LORRAINE ET DU SIÉGE DE NANCY, par M. Huguenin *jeune*, beau vol. in-8°, fig. et cart..................... 5 »

NANCY, histoire et tableau, par M. Guerrier de Dumast, jolie brochure de luxe, grand in-8°......... 1 50

THÉORIE DE LA PEINTURE. Perspective linéaire et aérienne, à l'usage des artistes et des personnes qui se livrent à l'étude du dessin, par M. Paul Laurent, 2e édition, in-8°, planches................... 7 »

www.ingramcontent.com/pod-product-compliance
Lightning Source LLC
Chambersburg PA
CBHW061414170626
46811CB00005B/1990